문맹

자전적 이야기

L'ANALPHABÈTE – Récit autobiographique

by Agota Kristof

© Éditions Zoé, 11 rue des Moraines

CH–1227 Carouge-Genève, 2004

www.editionszoe.ch

Korean translation copyright © 한겨레출판㈜, 2018

Published by arrangement with Éditions Zoé c/o

Agence Littéraire Astier–Pécher through Sibylle Books Literary Agency, Seoul

문맹
자전적 이야기

— ✴ —

L'ANALPHABÈTE
– Récit autobiographique
by Agota Kristof

— ✴ —

아고타 크리스토프 지음
백수린 옮김

한겨레출판

차례

—)))—

시작

나는 읽는다. 이것은 질병과도 같다. 나는 손에 잡히는 대로, 눈에 띄는 대로 모든 것을 읽는다. 신문, 교재, 벽보, 길에서 주운 종이 쪼가리, 요리 조리법, 어린이책. 인쇄된 모든 것들을.

　나는 네 살이다. 전쟁이 막 시작됐다.

　그 시절 우리는 기차역도, 전기도, 수도도, 전화도 없는 작은 마을에 살고 있었다.

　나의 아버지는 마을에 오직 하나뿐인 초등학교

교사다. 아버지는 1학년부터 6학년까지의 모든 학생들을 가르친다. 교실 하나에서. 학교와 우리 집은 운동장을 사이에 두고 나뉘어 있을 뿐이고, 학교의 창문은 내 어머니의 텃밭을 향해 나 있다. 커다란 교실의 뒤쪽 창문으로 기어올라가면 학급 전체와 그 앞에 서서 칠판에 무언가를 쓰고 있는 아버지가 보인다.

아버지의 교실에서는 분필, 잉크, 종이, 고요함, 침묵, 눈물의 냄새가, 여름에도 풍긴다.

어머니의 넓은 부엌에서는 도살된 짐승, 삶은 고기, 우유, 잼, 빵, 젖은 빨래, 아기의 오줌, 부산함, 시끄러움, 여름 열기의 냄새가, 겨울에도 난다.

날씨 때문에 밖에 나가 놀 수 없거나, 아기가 평소보다 더 크게 울거나, 오빠랑 내가 너무 시끄럽게 떠들며 부엌을 난장판으로 만들 때면 어머니는 우리를 '벌주기' 위해 아버지가 있는 곳으로 보낸다.

우리는 집을 나선다. 오빠는 난방에 쓸 땔감을 모아둔 헛간 앞에서 멈춘다.

"나는 여기에 남을래. 작은 장작을 팰 거야."

"그래. 엄마도 기뻐할 거야."

나는 운동장을 가로지르고, 큰 교실에 들어가, 문 앞에 멈춰 서서, 눈을 내리깐다. 아버지가 말한다.

"가까이 오렴."

나는 가까이 다가가 아버지의 귀에 대고 말한다.

"벌…… 엄마가……"

"다른 것은 없고?"

아버지는 "다른 것은 없고?"라고 내게 묻는데, 그것은 아무 말하지 않고 전해야 하는 어머니의 쪽지가 있거나, '의사', '긴급' 같은 단어를 내가 말해야 하는 경우가 종종 있기 때문이다. 이따금

씩은 그저 38, 40 같은 숫자를 말해야 하기도 한
다. 이 모든 게 다 아이들이 잘 걸리는 질병을 달
고 사는 동생 탓이다.

나는 아버지에게 말한다.

"다른 것은 없어요."

아버지는 내게 그림책을 건넨다.

"가서 앉아라."

나는 교실의 뒤편, 가장 큰 아이들 뒤쪽에 언제
나 있는 빈자리로 간다.

그렇게 해서 나는 아주 어린 나이에, 알아챌 새
도 없이, 완전히 우연한 방식으로 독서라는 치유
되지 않는 병에 걸린다.

전기와 수도가 있는 집에 사시는 외할머니 외할
아버지를 뵈러 우리가 근처 도시에 가면 외할아버
지는 내 손을 잡고 동네를 한 바퀴 다니신다.

외할아버지는 프록코트의 커다란 주머니에서

신문을 꺼내 들고 이웃들에게 말씀하신다.

"이것 좀 봐요. 한번 들어봐요."

그리고 내게 말씀하신다.

"읽어봐라."

그리고 나는 읽는다. 유창하게, 틀리지 않고, 사람들이 읽으라고 하는 만큼의 속도로.

외할아버지와 외할머니는 자랑스러워하시지만 나의 독서 병은 대개의 경우 비난이나 경멸을 불러일으킬 것이다.

"쟤는 아무것도 하지 않아. 매일 읽기만 해."

"쟤는 다른 것은 아무것도 할 줄을 몰라."

"저건 소일거리 중에서도 가장 나태한 소일거리야."

"저건 게으른 거지."

그리고 특히 사람들은 이렇게 말한다.

"쟤는 ……을 하는 대신에 읽기만 해."

무엇을 하는 대신에?

"더 실용적인 것은 아주 많잖아. 그렇지 않아?"

여전히 지금도, 매일 아침, 집이 비고, 모든 이웃들이 일하러 나가면 나는 다른 것을, 그러니까 청소를 하거나 어제 저녁 식사의 설거지를 하거나, 장을 보거나, 빨래를 하고 세탁물을 다리거나, 잼이나 케이크를 만드는 대신 식탁에 앉아 몇 시간 동안 신문을 읽는 것에 가책을 조금 느낀다……

그리고, 무엇보다, 무엇보다! 쓰는 대신에.

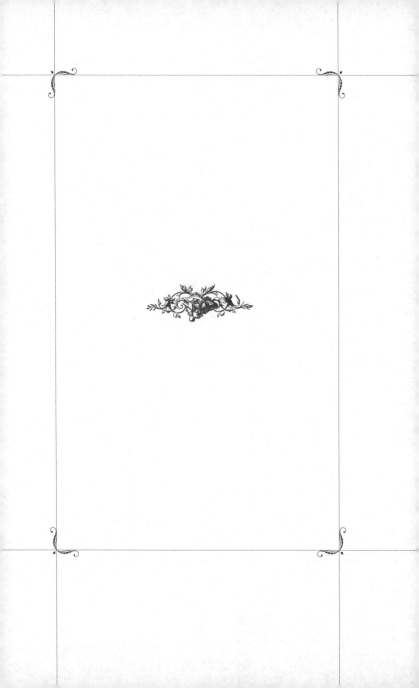

말에서
글쓰기로

아주 어린 나이부터 이미, 나는 좋아한다. 내가
지은 이야기들을.

  도시에 사는 할머니는 어머니를 도와주기 위해
종종 우리 집을 방문한다. 저녁이면 할머니는 우
리를 침대에 눕히고 우리가 이미 수백 번은 들은
옛이야기를 들려주며 재우려고 한다.

  나는 침대에서 내려가, 할머니에게 말한다.

  "이야기를 들려주는 사람은 나예요. 할머니가

아니라."

할머니는 나를 무릎에 앉히고, 내 몸을 가만가만 흔든다.

"그러면 이야기를 해보렴."

무엇이든, 한 문장을 꺼내기만 하면 나머지 이야기는 저절로 뒤따라 나온다. 인물들은 등장했다가, 죽거나, 사라진다. 착한 사람들과 나쁜 사람들, 가난한 사람들과 부유한 사람들, 정복한 사람들과 정복당한 사람들. 이야기는 절대 끝이 나지 않고, 나는 할머니의 무릎 위에서 말을 더듬는다.

"그다음에, 그다음에……"

할머니는 접이식 침대 안에 나를 누이고, 석유 등의 심지를 낮추고, 부엌으로 간다.

오빠와 남동생은 잠들어 있고, 나 역시 잠들고, 내 꿈속에서는 아름답고 무서운 이야기가 계속된다.

나는 남동생 틸라에게 이야기를 들려주는 것을 가장 좋아한다. 틸라는 어머니가 제일 예뻐하는 아이다. 나보다 세 살 적은 틸라는 내가 들려주는 모든 이야기를 믿는다. 예를 들면, 나는 그 아이를 정원의 한구석으로 데리고 가 묻는다.

"내가 비밀 하나 알려줄까?"

"어떤 비밀."

"네 출생의 비밀."

"내 출생에는 어떤 비밀도 없어."

"아니야. 그렇지만 네가 아무한테도 말하지 않겠다고 맹세해야지만 말해줄 거야."

"맹세할게."

"있잖아. 너는 주워 온 아이야. 우리 식구가 아니라고. 사람들이 발가벗고 들판에 버려진 너를 발견했어."

틸라가 말한다.

"그건 사실이 아니야."

"나중에 네가 더 크면 엄마 아빠가 너한테 말해 줄 거야. 삐쩍 마르고 발가벗은 네가 우리 눈에 얼마나 불쌍해 보였는지 모르지?"

틸라는 울기 시작한다. 나는 동생을 껴안는다.

"울지 마. 네가 진짜 남동생인 것처럼 나는 너를 사랑하니까."

"야노 형만큼?"

"거의 그렇지. 그렇지만 야노 오빠는 내 친오빠니까."

틸라는 곰곰이 생각한다.

"그렇지만, 그러면 내 성이 왜 누나랑 형이랑 똑같아? 그리고 엄마는 왜 누나랑 형보다 나를 더 사랑해? 누나랑 야노 형은 맨날 벌받잖아. 그렇지만 나는 절대 벌을 안 받는걸."

나는 동생에게 설명한다.

"네 성이 우리랑 똑같은 이유는 우리가 너를 정식으로 입양했기 때문이야. 그리고 엄마가 우리보다 너한테 더 잘해주는 이유는 엄마가 너랑 진짜 자식들을 조금도 차별하지 않는다는 것을 보여주고 싶어서야."

"내가 엄마의 진짜 자식이야!"

틸라는 소리를 지르고, 집으로 달려간다.

"엄마! 엄마!"

나는 틸라의 뒤를 쫓아 뛴다.

"너 아무 말도 안 하기로 맹세했잖아. 내가 농담한 거야."

너무 늦었다. 틸라는 부엌에 도착해 어머니의 품 안으로 뛰어든다.

"엄마 내가 엄마 아들이라고 얘기해줘. 엄마의 진짜 아들이라고. 엄마가 내 진짜 엄마라고."

나는 당연하게도, 바보 같은 이야기를 했다는

이유로 벌을 받는다. 방 한구석에서 옥수수 위에 무릎을 꿇는다. 곧이어 야노 오빠가 옥수수를 들고 들어와 내 옆에 무릎을 꿇고 앉는다.

나는 오빠에게 묻는다.

"오빠는 왜 벌받는 거야?"

"나도 몰라. 그냥 틸라의 머리를 쓰다듬으며 '사랑한다, 꼬마 사생아야'라고 말했을 뿐이야."

우리는 웃는다. 나는 오빠가 나와 같은 편이기 때문에, 그리고 내가 없으면 심심하니까, 이런 상황을 자초했다는 것을 안다.

나는 또 다른 바보 같은 이야기들을 틸라에게 들려줄 것이다. 야노 오빠에게도 시도하지만, 오빠는 나보다 한 살이 더 많아서 나를 믿지 않는다.

글을 쓰고자 하는 욕망이 생겨난 것은 한참 후, 어린 시절을 감싸던 은銀실이 끊어지고, 불행한 날들이 찾아오고, 내가 "그때는 좋아하지 않아요"

라고 말할 그런 시절이 도래했을 때의 일이다.

부모님과 오빠, 남동생과 헤어져, 이별의 고통을 견디기 위한 해결책이라고는 쓰는 일 밖에 남지 않을 낯선 도시의 기숙사에 들어갈 때.

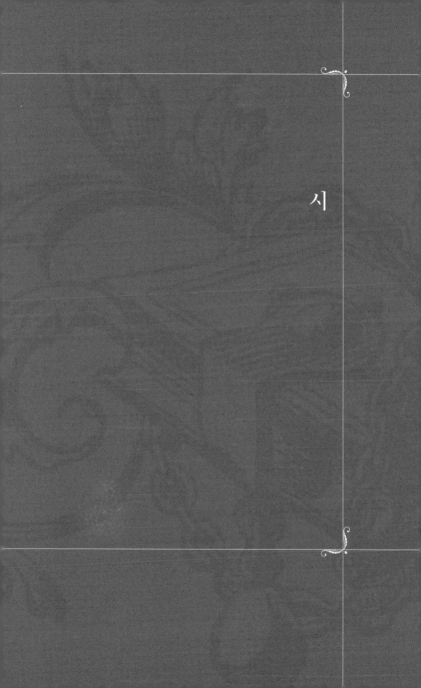

시

나는 열네 살 때 기숙사에 들어간다. 야노 오빠는 이미 1년 전부터 다른 도시의 기숙사에서 지내고 있다. 틸라는 아직 어머니와 함께 지낸다.

　그 기숙사는 부잣집 소녀를 위한 곳은 아니고, 오히려 그 반대에 가깝다. 이 기숙사는 막사幕舍와 수도원의 중간, 보육원과 소년원의 중간쯤 되는 곳이다.

　이 기숙사에는 정부가 무상으로 먹이고 재워주

는 열네 살에서 열여덟 살 사이의 여자아이들이 이백여 명 정도 있다.

우리들은 10인실이나 20인실에서 묵는데, 방에는 짚을 넣은 매트와 잿빛 모포를 갖춘 이층침대가 놓여 있다. 우리의 협소한 철제 옷장은 복도에 있다.

아침 6시가 되면 종소리가 우리를 깨우고, 사감이 잠에서 덜 깬 채 방들을 점검한다. 어떤 학생들은 침대 아래 숨고, 어떤 학생들은 달려서 마당까지 내려간다. 마당을 세 바퀴 돌고 나면 우리는 10분 동안 체조를 하고, 여전히 달려서 다시 건물로 올라간다. 우리는 찬물로 씻고, 옷을 입고, 식당으로 내려간다. 우리의 아침 식사는 우유가 든 커피와 빵 한 조각이다.

전날 도착한 우편물 배분. 사감들은 이미 편지를 열어보았다. 이유는 이렇다.

"너희들은 미성년자야. 우리가 너희 부모님들을 대신하는 거지."

7시 반에, 우리는 열을 촘촘히 맞춘 채, 혁명가를 부르며 도시를 가로질러 학교에 간다. 남자아이들은 우리가 지나가면 멈춰 서서 휘파람을 불고 감탄하는 말이나 외설적인 말을 외친다.

학교에서 돌아오면 우리는 먹고, 저녁 식사 때까지 시간을 보내야 하는 학습실로 간다.

학습실에서는 절대 침묵해야만 한다.

그 긴 시간 동안 무엇을 하는가? 물론 숙제를 하긴 하지만, 숙제는 재미가 조금도 없기 때문에 날림으로 금방 해치워버린다. 책을 읽을 수도 있지만 우리가 갖고 있는 것은 '필독' 도서들뿐인데, 그것들은 금세 읽어버릴 수 있을 뿐만 아니라, 대부분의 경우 이것들 역시 하나도 재미없기는 마찬가지다.

그래서 침묵이 강요된 이 시간 동안, 나는 일종의 일기 같은 것을 쓰기 시작하고, 심지어는 아무도 읽지 못하게끔 비밀 문자를 만들기도 한다. 나는 일기에 나의 불행, 나의 고통, 나의 슬픔, 나를 밤마다 침대에서 소리 죽여 울게 만드는 모든 것들을 적는다.

나는 오빠와 남동생을, 부모님을, 이제는 외국인들이 살고 있는 우리 가족의 집을 잃었기 때문에 슬프다.

무엇보다 나는 자유를 잃었기 때문에 슬프다.

물론 우리에게는 일요일 오후에 방문객들을, 그게 남자아이들일지라도, 기숙사의 '응접실'에서, 사감의 입회하에, 맞이할 자유가 있다. 우리에게는 또한 일요일 오후에 산책할 수 있는, 심지어 남자아이들과도 산책할 수 있는 자유가 있지만 도시의 중심 거리로만 다녀야 한다. 사감도 여기서 산

책을 한다.

하지만 내게는 여기에서 20킬로미터밖에 떨어지지 않은 곳에서 나와 비슷한 처지에 놓여 있는 야노 오빠를 보러 갈 수 있는 자유가 없다. 오빠 역시 나를 보러 올 수가 없다. 우리에게는 도시를 벗어나는 일이 금지되어 있고, 그게 아니라도 우리는 기차를 탈 돈이 없다.

나는 또한 내 유년 시절, 우리, 야노 오빠와 틸라, 그리고 나의 유년 시절 때문에 슬프다.

'푸른 바위'까지 숲을 가로질러 맨발로 젖은 흙을 밟으며 경주하는 일은 더 이상 없다. 나무에 기어오르거나, 썩은 가지가 부러져서 떨어질 일도 더는 없다. 내가 떨어지면 나를 다시 일으켜 세워줄 야노 오빠도 없다. 지붕 위를 걷는 밤 산책도 없고, 그런 우리를 어머니에게 이를 틸라도 없다.

기숙사에서는 밤 10시면 소등을 해야 한다. 사

감이 방마다 감시를 한다.

뭔가 읽을 것이 있을 때면 가로등 불빛에 의지해 나는 계속 읽고, 그러고 나면 울면서 잠든 밤 사이에 문장들이 태어난다. 문장들은 내 곁을 맴돌다, 속삭이고 리듬과 운율을 갖추고, 노래를 부르며 시가 된다.

어제, 모든 것은 더 아름다웠다.
나무들 사이의 음악
내 머리카락 사이의 바람
그리고 네가 내민 손안의
태양.

어릿광대짓

1950년대. 몇몇 특권을 누리는 이들을 제외하
면 우리나라의 모든 사람들은 가난하다. 어떤 이
들은 다른 사람들보다 더 가난하기까지 하다.

  물론 기숙사는 우리를 돌봐준다. 우리에게는 먹
을 것도 있고 지붕도 있지만, 음식이 정말 형편없
고 부족해서 우리는 언제나 배가 고프다. 겨울에
는 춥다. 학교에서 우리는 외투를 그대로 입고 있
고, 15분마다 몸을 데우기 위해 체조를 하러 일어

나야 한다. 공동 침실에서도 우리는 추워서 양말을 신고 자야 하고, 학습실에 올라갈 때면 모포를 가져가야만 한다.

그 시절, 나는 야노 오빠의 낡은 망토를, 오빠에게는 너무 작아졌고 왼 귀퉁이가 찢어지고 단추가 없는 검은 망토를 입는다.

한 친구는 시간이 흐른 이후 나에게 이렇게 말할 것이다.

"겨울에도 항상 검정 코트를 여미지 않고 다니던 네가 얼마나 대단해 보였는지 몰라."

책가방이 없어서 친구의 책가방에 내 책과 공책을 넣기 때문에 학교에 갈 때 나는 친구의 책가방을 든다. 책가방은 무겁고, 장갑이 없어서 손가락이 얼어붙는다. 내게는 연필도, 펜도, 체육 준비물도 없다. 나는 이 모든 것을 빌린다.

수선공에게 신발을 고쳐달라고 맡겨야만 할 때

면 나는 그동안 신을 신발도 빌린다.

빌린 신발을 되돌려줘야 할 때에는 수선공이 신발을 고치는 사흘 동안 누워서 지낸다. 나는 기숙사 관장에게 학교에 신고 갈 여벌 신발이 없다고 말할 수가 없다. 기숙사장에게 아프다고 말하면 그녀는 내가 모범생이기 때문에 그 말을 믿어준다. 그녀는 내 이마를 짚으며 말한다.

"열이 나는 것 같구나. 적어도 38도는 되는 것 같아. 이불 잘 덮고 있으렴."

나는 이불을 잘 덮는다. 하지만 수선공에게 어떻게 돈을 내야 하지? 부모님께 돈을 달라고 말하는 것은 불가능하다. 아버지는 감옥에 있는데 우리는 몇 년째 아버지의 소식을 들은 바가 없다. 어머니는 할 수만 있다면 어디서든 일을 한다. 어머니는 틸라와 방 한 칸에서 살고 있고 이웃들이 가끔씩 어머니에게 부엌을 쓸 수 있게 해준다.

짧은 기간 동안, 내가 공부를 하는 도시에서 어머니가 일을 한 적이 있다. 한번은, 학교에서 돌아오는 길에, 나는 어머니를 보러 간다. 그곳은 십여 명의 여자들이 전구 불빛 아래 커다란 테이블 주위에 둘러앉아서 쥐약을 포장하는 지하의 작은 방이다.

어머니가 묻는다.

"잘 지내니?"

나는 말한다.

"네, 잘 지내요. 걱정 마세요."

어머니가 내게 무엇이든 필요한 것이 있냐고 묻지도 않았지만 어쨌든 나는 이렇게 덧붙인다.

"필요한 것은 아무것도 없어요. 틸라는 잘 지내요?"

어머니가 말한다.

"잘 지낸단다. 가을이 되면 그 아이도 기숙사에

들어갈 거야."

우리는 더 이상 서로에게 할 말이 없다. 나는 신발을 수선 맡겼고, 수선공이 내게 외상을 주었으며, 그에게 최대한 빨리 갚아야 한다고 말하고 싶지만, 어머니의 낡은 원피스, 쥐약으로 더러워진 장갑을 보고는 아무런 말을 할 수가 없다. 나는 어머니에게 입을 맞추고, 나가서 다시 돌아가지 않는다.

약간의 돈을 벌기 위해서 나는 학교의 쉬는 시간에 할 20분짜리 공연을 준비한다. 나는 친구 두세 명과 함께 금세 외울 수 있는 짧은 연극 대본을 쓰고, 이따금씩 우리는 즉흥 공연을 하기도 한다. 내 특기는 선생님들을 흉내 내는 것이다. 아침마다 우리는 교실 몇 곳을 찾아가서 공연이 있을 예정임을 미리 알리고 다음 날에는 다른 교실을 찾아간다. 입장료는 수위가 쉬는 시간에 파는 크루

아상 가격 정도다.

공연은 잘 진행되고, 우리는 커다란 성공을 거두며 관객들이 복도까지 가득 찬다. 우리를 보러 오는 선생님들도 있어서, 우리는 흉내 낼 대상을 갑자기 바꿔야 할 때도 있다.

나는 이런 일을 기숙사에서도 다른 친구들과, 다른 연극으로 다시 해나간다. 저녁이면 우리는 기숙사의 모든 방을 찾아다니고, 아이들은 우리를 초대하고, 꼭 와달라고 부탁하며, 시골에서 부모님들로부터 받은 소포 속에 들어 있던 것들로 진수성찬을 차려준다. 우리, 배우들은 음식이나 돈을 구별 없이 받지만, 어쨌든 우리가 받는 가장 큰 보상은 사람들에게 웃음을 준다는 행복감이다.

모국어와
적어 敵語

처음에는 하나의 언어밖에 없었다. 사물들, 어떤 것들, 감정들, 색깔들, 꿈들, 편지들, 책들, 신문들이 이 언어였다.

나는 다른 언어가 존재할 수 있다는 것을, 어떤 인간이 내가 이해할 수 없는 단어를 발음할 수 있다는 것을 상상할 수 없었다.

어머니의 부엌에서, 아버지의 학교에서, 구에자 삼촌의 교회에서, 거리에서, 마을의 집들이나 할머니 할아버지가 사는 도시에서도 모두들 같은 언어로 말했고 다른 언어는 결코 문제가 되지 않았다.

사람들이 마을 어귀에 자리 잡은 집시들이 다른 언어로 말을 한다고 이야기하긴 했지만, 나는 그것이 진짜 언어라고 생각하지 않았고 틸라가 우리의 말을 알아듣지 못하게 하도록 야노 오빠와 내가 그러는 것처럼 그들끼리만 사용하기 위해 고안한 언어일 거라고 생각했다.

나는 집시들이 그렇게 언어를 고안해 사용하는 것은 오로지 집시들용으로 표시한 컵이 존재하기 때문이라고 생각했다.

사람들은 집시들이 아이들을 훔친다고도 말했다. 물론, 그들은 많은 것들을 훔쳤지만, 진흙으로 만든 그들의 집 앞을 지나며 그들의 오두막 주위에서 놀고 있는 어린아이의 숫자를 볼 때면 집시들이 왜 아이들을 더 훔치려 하는지 의문스러웠다. 게다가 집시들이 오지그릇이나 갈대로 짠 바구니를 팔기 위해 마을에 올 때면, 그들은 '정상적으로' 우리와 같은 언어를 썼다.

내가 아홉 살이었을 때, 우리는 이사를 했다. 우리는 적어도 인구의 4분의 1이 독일어를 쓰는 국경 도시에 살러 갔다. 우리, 헝가리 사람들에게 독일어는 오스트리아의 지배를 상기시켰으므로 적의 언어였고, 그것은 또한 당시 우리나라를 점령했던 외국 군인들의 언어이기도 했다.

1년 후, 다른 외국 군인들이 우리나라를 점령했다. 러시아어가 학교에서 의무화되었고, 다른 외국어는 금지되었다.

아무도 러시아어를 알지 못한다. 독일어나 프랑스어, 영어 등의 외국어를 가르치던 선생님들은 몇 달 동안 러시아어 속성 수업을 배웠지만, 그들은 그 언어를 제대로 알지 못하고, 그것을 가르칠 마음이 전혀 없다. 그리고 어쨌든 학생들도 그것을 배우고 싶은 마음이 조금도 없다.

우리는 그런 식으로 국민적인 지식의 사보타주를, 당연히 미리 계산된 것이 아니라 자연스럽고 수동적인 방식으로 진행되는 저항을 목격하게 된다.

우리는 소련의 문학과 역사, 지리도 이처럼 열정 없이 가르치고 배운다. 제대로 배우지 못한 한 세대의 아이들이 학교를 졸업한다.

그렇게 해서 스물한 살의 나이로 스위스에, 그 중에서도 전적으로 우연히 프랑스어를 쓰는 도시에 도착했을 때, 나는 완벽한 미지의 언어와 맞서게 된다. 바로 여기에서 이 언어를 정복하려는 나의 전투, 내 평생 동안 지속될 길고 격렬한 전투가 시작된다.

내가 프랑스어로 말한 지는 30년도 더 되었고,

글을 쓴 지는 20년도 더 되었지만, 나는 여전히 이 언어를 알지 못한다. 나는 프랑스어로 말할 때 실수를 하고, 사전들의 도움을 빈번히 받아야만 프랑스어로 글을 쓸 수 있다.

이러한 이유로 나는 프랑스어 또한 적의 언어라고 부른다. 내가 그렇게 부르는 이유는 하나 더 있는데, 이것이 가장 심각한 이유다. 이 언어가 나의 모국어를 죽이고 있기 때문이다.

스탈린의
죽음

1953년 3월. 스탈린이 죽었다. 우리는 어젯밤부터 그 사실을 알고 있다. 기숙사에서는 의무적으로 슬퍼해야 한다. 우리는 서로 아무 말 없이 잠자리에 든다. 아침이 되고, 우리는 물어본다.

"오늘은 공휴일인가요?"

사감이 말한다.

"아니. 너희들은 평소처럼 학교에 간단다. 하지만 노래는 부르지 마라."

우리는 평소처럼, 줄을 맞춰 학교에 가지만 노래는 부르지 않는다. 건물 위에는 붉은 깃발들과 검은 깃발들이 펄럭인다.

담임 선생님이 우리를 기다리고 있다. 그는 말한다.

"11시에 학교 종이 울릴 겁니다. 여러분은 1분간 묵념을 하기 위해 자리에서 일어나야 해요. 그때까지는 '스탈린의 죽음'이란 주제로 작문을 할 겁니다. 아버지이자 밝은 등대 같던 스탈린 동지가 여러분에게 어떤 의미였는지를 쓰세요."

한 학생이 울음을 터뜨린다. 선생님이 말한다.

"울음을 그쳐요, 학생. 우리는 모두 다 참을 수 없이 괴로워요. 하지만 우리의 고통을 견디려고 노력해봅시다. 여러분들이 지금 얼마나 놀랐을지를 감안해서 작문에 점수를 매기지는 않을 거예요."

우리는 쓴다. 선생님은 뒷짐을 지고 교실을 걷는다.

종이 울리고 우리는 자리에서 일어선다. 선생님은 차고 있는 손목시계를 본다. 우리는 기다린다. 도시의 사이렌도 울릴 것이다. 창가에 앉은 여자아이가 거리를 내다보며 말한다.

"이건 그냥 쓰레기통 비울 때를 알리는 종소리예요."

우리는 다시 자리에 앉는다. 미친 듯이 웃으며.

머지않아 학교의 종과 도시의 사이렌이 울리고, 우리는 다시 일어나지만 쓰레기통 때문에 여전히 웃는다. 우리는 그렇게, 웃음을 삼키느라 몸을 들썩이며 긴 1분 동안 서 있고, 선생님도 우리와 함께 웃는다.

나는 여러 해 동안 주머니 속에 스탈린의 컬러 사진을 넣고 다녔지만 그가 죽었을 때는 이미 왜 나의 이모가 내가 이모네 집에 머물렀을 때 그 사진을 찢었는지를 이해하고 있었다.

세뇌 교육은 특히 어린아이들에게 강하게 행해졌고 그만큼 효과적이었다. 유명한 무용가이자 반체제 인사인 루돌프 누레예프는 이야기한다. "스탈린이 죽은 날, 나는 들로 나갔어요. 나는 어떤 굉장한 일이 벌어지기를, 자연이 이 비극에 응답하기를 기다렸어요. 그러나 아무것도 없었어요. 지진도 없었고, 어떠한 다른 기미도 없었죠."

없었다. '지진'은 36년 후에나 일어났고, 그것은 자연의 응답이 아니라 민중의 응답이었다. 우리 모두의 '아버지'가 확실히 죽기까지는, 우리의 '빛나는 등대'가, 바라건대, 영원토록 꺼지기 위해서는 그만큼이나 많은 세월이 필요했다.

얼마나 많은 희생자가 있었을까? 그것은 누구도 알지 못한다. 루마니아에서는 여전히 죽은 이들을 헤아리고 있다. 헝가리에서는 1956년에 3만 명이 죽었다. 우리가 영원토록 가늠해볼 수 없는 것은 독재가 동유럽 국가들의 철학, 미술, 문학에 얼마나 해로운 역할을 했는지다. 자신의 이데올로기를 강요하면서 소련은 이 나라들의 경제 발전만 저해한 것이 아니라 그들의 문화와 민족 정체성까지 말살시키려고 했다.

내가 아는 한, 어떤 반체제 러시아 작가도 이 문제를 언급하거나 다루지 않았다. 자신들의 폭군을 견뎌야 했던 그들은 무엇을 생각하고 있을까? 그러니까 그뿐 아니라 외국의 지배, 즉 그들의 지배까지 견뎌야 했던 '중요하지 않은 작은 나라들'에 대해서 그들은 무엇을 생각하고 있을까?

이 시점에서 증오와 애정, 그리고 유머를 가지고 자기 나라, 자기 시대, 자기가 사는 사회를 비난하고 공격하기를 결코 멈추지 않았던 위대한 오스트리아 작가 토마스 베른하르트에 대해 떠올려볼 필요가 있다.

그는 1989년 2월 12일에 죽었다. 그의 죽음 앞에 국가적인 혹은 국제적인 애도나 거짓 눈물은 없었다. 어쩌면 진짜 눈물도 없었을지 모르겠다. 오직 나를 포함한 열정적인 독자들만이 문학에서 커다란 부분을 상실했음을 깨달았을 뿐이다. 토마스 베른하르트가 더 이상 글을 쓰지 않을 것이고, 더 슬픈 것은 그가 자신이 남긴 원고들의 출간을 금지했기 때문이었다.

이것은 《네》라는 제목의 책을 쓴 천재적인 작가가 사회에 보내는 마지막 '아니오'였다. 이 책은 《콘크리트》,《몰락하는 자》,《음성모방자》,《벌목》 그리고 다른 책들과 함께 내 테이블 위에 놓여 있다. 《네》는 내가 읽은 베른하르트의 첫 번째 책이다. 나는 어떤 책을 읽고 이렇게 많이 웃어본 적이 없다고 말하며 이 책을 여러 친구들에게 빌려주었다. 그들은 끝까지 읽지 못한 채 내게 책을 돌려주었다. 그만큼이나 이 책이 그들에게는 '우울하고', '참을 수 없었'던 것이다. 책의 '웃긴 점'을 그들은 정말 어디에서도 발견하지 못했다.

책의 내용이 끔찍한 것은 사실이다. 왜냐하면 이 책의 '네'는 정말 '네'이지만, 죽음에 대한 '네'이고, 그러니까 삶에 대한 '아니오'이기 때문이다.

그렇지만, 그가 원하든 원하지 않든, 토마스 베른하르트는 작가이고 싶은 모든 이들의 마음속에 모범으로서 영원히 살아 있을 것이다.

기억

나는 신문과 텔레비전을 통해 열 살 먹은 터키 아이가 부모를 따라 스위스 국경을 은밀히 넘다가 피로와 추위로 인해 죽었다는 소식을 알게 된다. '월경 안내인들'은 그들을 국경 근처에 데려다주었다. 그들은 스위스의 첫 번째 마을까지 곧장 걷기만 하면 되었다. 그들은 산과 숲을 가로질러 오랜 시간 동안 걸었다. 날은 추웠다. 여정의 끝에 거의 다다랐을 때, 아버지는 아이를 업었다. 그러나 이미 늦은 일이었다. 그들이 마을에 도착했을 때, 아이는 피로와 추위 그리고 탈진으로 죽어 있었다.

이 이야기에 내가 보인 첫 반응은 스위스 사람 누구나와 똑같다. "어떻게 사람들이 아이를 데리고 이런 일을 벌일 생각을 하는 걸까? 이런 무책임한 행동은 용인할 수 없어." 곧이어 나는 즉각적으로 크나큰 충격에 사로잡힌다. 11월 말의 차가운 바람이 난방이 잘되는 내 방 안으로 불어닥치고 기억 속의 목소리가 놀라 내 안에서 되묻는다. "뭐라고? 넌 다 잊어버리기라도 한 거니? 너는 똑같은 일을, 정확히 똑같은 일을 했잖아. 그리고 네 아이는 그때 겨우 갓 태어났을 뿐이었어."

그래, 나는 기억한다.

나는 스물한 살이다. 2년 전에 결혼했고, 내게는 넉 달 된 어린 딸이 있다. 11월의 어느 저녁, 우리는 '월경 안내인'을 뒤따라 헝가리와 오스트리아 사이의 국경을 넘는다. 월경 안내인의 이름은 요세프이고 나는 그를 잘 알고 있다.

우리는 아이들을 포함해 열 명 남짓의 사람들로 구성된 무리다. 나의 어린 딸은 아이 아빠의 품에 안겨 잠들어 있고 나는 두 개의 가방을 들고 있다. 둘 중 한 가방에는 젖병과 기저귀, 아기에게 갈아 입힐 옷이 있고 다른 가방에는 사전들이 들어 있다. 우리는 요세프의 뒤를 따라 약 한 시간가량 침묵 속에 걷는다. 거의 완벽한 어둠이다. 가끔 조명탄이나 탐조등이 사방을 밝히고, 뭔가 터지는 소리, 총소리가 들린 후 다시 정적과 어둠이 내려앉는다.

숲의 가장자리에서 요세프가 걸음을 멈추고 우리에게 말한다.

"당신들은 이제 오스트리아에 있어요. 이제 곧

장 앞으로 계속 걸어가기만 해요. 마을이 멀지 않아요."

나는 요세프의 뺨에 입을 맞춘다. 우리 모두는 그에게 가지고 있는 돈을 준다. 어쨌든 이 돈은 오스트리아에서 아무런 가치도 없다.

우리는 숲을 걷는다. 오랫동안. 너무 오랫동안. 나뭇가지들이 우리의 얼굴을 할퀴고, 우리는 구멍에 빠지고, 낙엽이 우리 신발을 적시고, 우리는 뿌리에 걸려 발목을 접질린다. 휴대용 램프를 켜봤자 그것은 조그만 동그라미만큼을 밝힐 뿐, 나무들, 여전히 계속되는 나무들. 그렇지만 우리는 벌써 숲에서 빠져나왔어야 한다. 우리는 계속 같은 곳을 맴도는 것 같은 기분을 느낀다.

한 아이가 말한다.

"무서워. 집에 가고 싶어. 침대에 눕고 싶어."

다른 아이가 운다. 여자가 말한다.

"우리는 길을 잃었어."

한 청년이 말한다.

"여기서 멈춰봐요. 이렇게 계속 가면 우리는 다시 헝가리로 되돌아갈지도 몰라요. 이미 되돌아온 게 아니라면요. 움직이지 마세요. 제가 한번 볼게요."

헝가리로 되돌아간다는 것, 우리 모두는 그것이 무슨 의미인지 알고 있다. 불법으로 국경을 넘으려 했다는 이유로 감옥에 가거나, 어쩌면 술 취한 소련 국경 경비원들이 쏜 총에 맞을지도 모른다.

청년은 나무를 타고 올라간다. 내려온 후 그는 말한다.

"우리가 어디에 있는지 알아요. 불빛을 보고 여기가 어디인지 가늠했어요. 절 따라오세요."

우리는 그를 따라간다. 곧이어, 숲이 걷히고 우리는 나뭇가지도, 구멍도, 뿌리도 없는 진짜 길 위를 마침내 걷는다.

갑자기 강렬한 빛이 우리를 비추고 어떤 목소리
가 들려온다.

"정지!"

우리 중 한 명이 독일어로 말한다.

"우리는 난민입니다."

오스트리아 국경 경비원이 웃으며 대답한다.

"그럴 줄 알고 있었소. 따라오시오."

그들은 우리를 마을의 광장으로 데리고 간다.
거기에는 많은 수의 난민들이 있다. 마을의 군수
가 도착한다.

"아이들을 데리고 있는 사람들은 앞으로 나오
시오."

우리는 농부의 집에서 묵게 된다. 그들은 매우
친절하다. 그들은 아이를 돌보고 우리에게 먹을
것과 침대를 준다.

흥미로운 것은 내가 그날 밤 일에 대해 가지고 있는 기억이 얼마 되지 않는다는 점이다. 그것은 마치 꿈속에서 혹은 다른 생에서 일어난 일 같다. 마치 내 기억이 내 삶의 커다란 부분을 잃어버린 그 순간을 떠올리기를 거부하는 것 같기도 하다.

나는 헝가리에 내 비밀 작문 노트뿐만 아니라 처음 쓴 시들도 놓고 왔다. 나는 그곳에 나의 오빠와 남동생을, 부모님을, 미리 알려주지도 못하고 잘 있으라거나 또 보자라는 말도 하지 못한 채, 두고 왔다. 하지만 무엇보다도 그날, 1956년 11월 말의 어느 날, 나는 하나의 민족 집단에 속해 있던 나의 정체성을 완전히 잃어버렸다.

제자리에
있지 않는
사람들

헝가리를 떠나 도착한 오스트리아의 작은 마을
에서 우리는 시외버스를 타고 빈으로 간다. 버스
비는 마을의 군수가 지불해주었다. 이동하는 동안
나의 어린 딸은 내 무릎 위에서 잠을 잔다. 도롯가
에는 차량 진입 방지용 말뚝이 빛을 내며 늘어서
있다. 나는 그때껏 빛을 내는 차량 진입 방지용 말
뚝을 본 적이 없었다.

　빈에 도착한 우리는 우리를 신고하기 위해 경찰

서를 찾는다. 거기, 경찰서에서, 나는 아기의 기저
귀를 갈고 젖병을 물린다. 아이는 먹은 것을 토한
다. 경찰들은 우리에게 난민 센터의 주소를 주었
고 우리를 무료로 거기까지 데려다줄 전차를 알려
준다. 전차 안에서, 옷을 잘 차려입은 부인들은 내
아이를 무릎 위에 올려놓고 주머니에 돈을 찔러
넣어준다.

　난민 센터는 공장이었거나 막사였을 법한 커다
란 건물이다. 거대한 방 안에는 짚을 넣은 매트들
이 바닥에 덩그러니 놓여 있고 공동 샤워실과 넓
은 식당이 있다. 이 방 입구에는 사람을 찾는 전단
들이 핀으로 꽂혀 있는 흑판이 놓여 있다. 사람들
은 국경을 넘는 동안 혹은 그 전이나 그 후, 빈에
서거나 혹은 군중과 센터의 무질서 속에서 잃어버
린 부모를, 친구를 찾는다.

　나의 남편은 다른 사람들처럼 여러 대사관의 사

무실에서 우리를 받아줄 국가를 찾기 위해 기다리며 하루를 보낸다. 나는 짚으로 만든 매트 위에 누워 지푸라기를 가지고 놀며 옹알이하는 딸과 함께 머문다. 나는 아이에게 필요한 것들을 요구하기 위해 독일어 몇 마디를 배울 수밖에 없다. 아이를 품에 안은 채 나는 센터의 커다란 부엌으로 가서 요리사처럼 보이는 남자에게 "Milch für Kinder, bitte(아이를 위한 우유, 부탁합니다)"라거나 "Seife für Kinder(아이를 위한 비누)"라고 말한다. 남자는 부탁한 것을 항상 나에게 직접 건네준다.

우리가 스위스로 향하는 기차를 탄 때는 크리스마스 무렵이다. 창문 앞 선반에는 크리스마스 전나무 가지와, 초콜릿, 오렌지가 놓여 있다. 특별한 기차인 것이다. 인솔자들을 제외하면 그 안에는 헝가리인밖에 없고, 이 기차는 스위스 국경 앞에서만 멈춘다. 그곳에는 우리를 맞이하는 관악대가 있고 친절한 부인들이 창 너머로 우리에게 따뜻한 차가 담긴 컵, 초콜릿과 오렌지를 건넨다.

우리는 로잔에 도착한다. 우리는 축구장 근처, 도시의 약간 높은 지대에 위치한 막사에서 지낸다. 군인처럼 옷을 입은 젊은 여자들이 안심을 시키려는 듯 미소 지으며 우리의 아이들을 데리고 간다. 남자들과 여자들은 샤워를 하기 위해 두 무리로 나누어진다. 사람들은 우리의 옷을 소독하기 위해 가져간다.

이와 비슷한 상황을 이미 겪어본 적 있는 우리 중 일부는 겁이 났었다고 나중에 우리에게 이야기해준다. 우리는 서로를 다시 만났을 때, 그리고 무엇보다 이제 잘 먹고 깨끗해진 우리의 아이들을 되찾았을 때 모두 안심한다. 나의 아이는 내 침대 옆, 예쁜 요람 안에서, 마치 한 번도 그런 잠자리를 가져본 적 없다는 듯이, 조용히 잠을 잔다.

일요일마다, 축구 경기 이후에, 관중들은 우리를 보기 위해 막사 울타리 뒤로 모여든다. 그들은 자연스럽게 우리에게 초콜릿과 오렌지를 주며 담배나 심지어는 돈을 주기도 한다. 이런 것들 때문에 우리는 이제 강제 수용소가 아니라 동물원을 떠올리게 된다. 우리 중 가장 신중한 이들은 마당에 나가는 것을 삼가지만 다른 이들은 울타리 너머로 손을 내밀고 자신들의 전리품들을 비교하면서 시간을 보낸다.

일주일에 여러 번, 공장 사람들이 노동력을 구하기 위해 찾아온다. 친구들, 지인들은 일자리나 숙소를 구하고 주소를 남긴 채 떠난다.

로잔에서의 한 달이 지난 후, 우리는 한 달 정도 더 취리히의 숲 속에 위치한 학교에 머물며 지낸다. 언어교육을 제공해주지만 나는 어린 딸 때문에 거의 참석하지 못한다.

내 나라를 떠나지 않았다면 나의 삶은 어떻게 되었을까? 더 어렵고, 더 가난했겠지만, 내 생각에는 또 덜 외롭고, 덜 고통스러웠을 것 같다. 어쩌면 행복했을지도 모른다.

　내가 확신할 수 있는 것은, 어디에서건 어떤 언어로든지 나는 글을 썼으리라는 사실이다.

사막

취리히의 난민 센터에서 우리는 스위스의 여기 저기로 '분배된다'. 그런 식으로, 우연히, 우리는 마을의 주민들이 가구를 가져다 꾸며준 두 칸짜리 아파트가 기다리는 뇌샤텔, 좀 더 정확히 말하면 발랑쟁에 도착한다. 몇 주 뒤, 나는 퐁텐멜롱에 위치한 시계 제조 공장에서 일하기 시작한다.

나는 5시 반에 일어난다. 아기를 먹이고 옷을 입히고, 나 역시 옷을 입고 공장까지 나를 데려다주는 6시 반 버스를 타러 간다. 나는 아이를 어린이집에 맡기고 공장에 들어간다. 공장에서는 저녁 5시에 나온다. 나는 어린이집에서 딸아이를 찾고, 버스를 다시 타고, 집으로 돌아온다. 마을의 작은 가게에서 장을 보고, 불을 피우고(아파트에는 중앙난방이 들어오지 않는다), 저녁 식사를 준비하고, 아이를 재우고, 설거지를 하고, 글을 조금 쓰고, 나역시 잠을 잔다.

시를 쓰는 데는 공장이 아주 좋다. 작업이 단조롭고, 다른 생각을 할 수 있으며, 기계는 시의 운율에 맞춰 규칙적인 리듬으로 반복된다. 내 서랍에는 종이와 연필이 있다. 시가 형태를 갖추면, 나는 쓴다. 저녁마다 나는 이것들을 노트에 깨끗이 정리한다.

공장에는 열 명 남짓의 헝가리인이 일하고 있다. 우리는 점심시간에 구내식당에서 만나지만 우리가 익숙하게 먹던 음식과 너무 달라서 거의 식사를 하지 않는다. 나의 경우, 적어도 1년 동안은 점심 식사로 빵과 우유를 탄 커피만 먹는다.

공장에서는 모두들 우리를 친절히 대한다. 사람들은 우리를 보면 웃고 우리에게 말을 건다. 하지만 우리는 아무것도 이해하지 못한다.

사막은 여기에서 시작된다. 사회적 사막, 문화적 사막. 혁명과 탈주의 날들 속에서 느꼈던 열광이 사라지고 침묵과 공백, 우리가 중요한, 어쩌면 역사적인 무언가에 참여하고 있다는 기분을 느끼게 했던 나날들에 대한 노스탤지어, 고향에 대한 그리움, 가족과 친구들에 대한 그리움이 뒤따른다.

우리는 이곳에 오면서 무엇인가를 기대했다. 무엇을 기대하는지는 몰랐지만 틀림없이 이런 것, 활기 없는 작업의 나날들, 조용한 저녁들, 변화도 없고 놀랄 일도 없고 희망도 없는 부동의 삶을 기대했던 것은 아니다.

물질적으로 보면 우리는 예전보다 조금 더 잘 살고 있다. 우리는 방 하나 대신 두 개를 가지고 있다. 우리에게는 석탄이 충분하고 음식도 넉넉하다. 그렇지만 우리가 잃어버린 것들에 비하면 너무 비싼 값을 지불한 셈이다.

아침의 버스 안에서 검표원은, 매일 아침 보는 뚱뚱하고 유쾌한 검표원인데, 버스를 타고 가는 동안 내 옆에 앉아 나에게 말을 한다. 나는 잘 이해하지 못하지만 그래도 그가 나에게 스위스가 소련인들이 여기까지 오지 못하도록 할 것이라고 설명하면서 나를 안심시키려고 한다는 것 정도는 이해한다. 그는 더 이상 두려워할 필요가 없으며 더 이상 슬퍼할 필요도 없고, 내가 지금 안전하다고 말한다. 나는 웃는다. 나는 그에게 소련인들이 무섭지 않고 만약 내가 슬프다면 그것은 오히려 지금 너무 많이 안전하기 때문이라고, 직장과 공장, 장보기, 세제, 식사 말고는 달리 생각할 것도, 할 것도 없기 때문이라고, 잠을 자고 내 나라 꿈을 조금 더 오래 꿀 수 있는 일요일을 기다리는 것 외에는 달리 아무것도 기대할 것이 없기 때문이라고 그에게 말하지 못한다.

어떻게 그에게, 그의 기분을 상하게 하지 않으면서, 내가 할 수 있는 짧은 프랑스어로, 그의 아름다운 나라가 우리 난민들에게는 사막, 사람들이 '통합'이라든지 '동화'라고 부르는 것에 다다르기 위해서 우리가 건너야만 하는 사막에 불과하다는 사실을 설명할 수 있을까. 그때까지 나는 어떤 이들은 끝끝내 거기에 도달하지 못하리라는 것을 미처 알지 못했다.

우리 중 둘은 징역형이 그들을 기다리고 있음에도 헝가리로 돌아갔다. 다른 둘은, 젊은 미혼의 남성들이었는데, 더 멀리 미국과 캐나다로 떠났다. 다른 네 명은 더 멀리, 우리가 갈 수 있는 한 가장 멀리, 가장 높은 경계선 너머까지 갔다. 이 네 명의 지인들은 우리 유배 시기의 첫 두 해 사이에 죽음을 선택했다. 그중 하나는 바르비투르산 수면제로, 다른 한 명은 가스로, 나머지 둘은 끈으로. 그중 가장 젊은 사람은 열여덟 살이었다. 그녀의 이름은 지젤이었다.

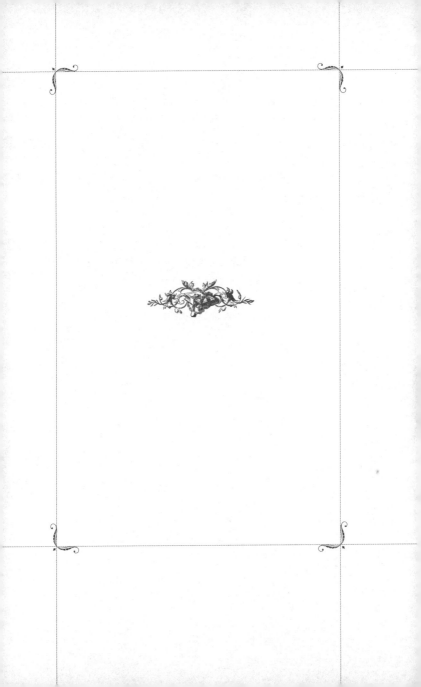

우리는 어떻게
작가가 되는가?

무엇보다, 당연하게도, 가장 먼저 할 일은 쓰는 것이다. 그런 다음에는, 쓰는 것을 계속해나가야 한다. 그것이 누구의 흥미를 끌지 못할 때조차. 그것이 영원토록 그 누구의 흥미도 끌지 못할 것이라는 기분이 들 때조차. 원고가 서랍 안에 쌓이고, 우리가 다른 것들을 쓰다 그 쌓인 원고들을 잊어버리게 될 때조차.

　스위스에 도착하면서 작가가 되고 싶다는 나의

희망은 거의 불가능한 꿈이 되었다. 물론, 몇 편의 시를 헝가리 문예지에 발표하긴 했지만, 출판까지 이를 수 있는 나의 기회, 나의 가능성은 거기서 그쳤다. 그리고 긴 세월 동안 노력한 끝에, 나는 희곡 두 편을 프랑스어로 완성할 수 있었지만, 그것들로 무엇을 해야 할지, 어디로 보내고 누구에게 보여야 할지를 알지 못했다.

무대에 오른 나의 첫 희곡 제목은 〈존과 조〉였고, 뇌샤텔의 식당인 마르셰 카페에서 상연되었다. 금요일과 토요일마다 저녁 식사 시간이 끝나면 아마추어 연기자 몇몇이 '카바레의 밤'을 준비했다. 그렇게 나의 희곡 작가로서의 '경력'이 시작된다. 여러 달 동안 계속된 연극의 성공은 당시 나에게 커다란 기쁨을 안겼고 계속 써나갈 수 있는 용기를 주었다.

2년 후, 내 희곡 중 다른 한 편이 뇌샤텔 근처의

작은 마을인 생토뱅의 타랑퇼 극장에서 상연된다. 이때도 공연하는 사람들은 아마추어들이다.

나의 '경력'은 여기에서 멈추는 것처럼 보이고, 내가 쓴 십여 편의 원고들은 선반 위에서 천천히 빛바래간다. 다행히 몇몇 사람들이 나의 원고들을 라디오에 보내보라고 권유해주고, 그렇게 또 다른 '경력', 라디오방송 작가로서의 경력이 시작된다. 라디오에서는 전문 배우들이 내 글을 연기하고, 보다 정확히 말하면 내 글을 읽고, 나는 진짜 저작권료를 받는다. 1978년에서 1983년 사이, 스위스 로망드 라디오는 내 글 중 다섯 편을 연출하고 어린이의 해를 맞이하여 작품 한 편을 내게 청탁하기도 했다.

그렇지만 내가 희곡을 포기한 것은 아니다. 1983년 나는 뇌샤텔의 문화 센터 연극 학교에서 일하기로 한다. 내가 맡은 업무는 열네 명의 학생들을 위해 한 편의 희곡을 쓰는 것이다. 나는 이 작업을 하는 것이 매우 기뻐서 리허설 때마다 참석한다.

수업은 일반적으로 다양한 종류의 신체 훈련을 하는 것으로 시작한다. 이러한 훈련들은 어렸을 때 우리, 오빠와 나, 혹은 친구와 내가 하던 훈련을 떠올리게 한다. 침묵하는, 움직이지 않는, 굶는 훈련······ 나는 어린 시절의 기억에 대한 짧은 글을 쓰기 시작한다. 나는 이 짧은 글들이 어느 날 책이 될 것이라고는 아직 조금도 생각을 하지 못한다. 그렇지만 2년 후, 내 책상 위에는 마치 진짜 소설처럼 처음과 끝이 있고, 일관성을 지닌 이야기가 담긴 커다란 노트가 놓인다. 이것을 타자기로 치고, 교정하고, 다시 타자기로 치고 너무 과한 것을 삭제하고, 내가 누군가에게 보일 수 있다는 생각이 들 때까지 다시 고치고 또 고쳐야 하는 일은 여전히 남아 있다. 이번에도 역시 나는 이 원고를 가지고 무엇을 해야 하는지 잘 알지 못한다. 누구에게 이것을 보내야 하고, 누구에게 이것을 줘야 하지? 나는 편집자를 한 명도 알지 못하고, 편집자를 알 만한 사람도 모른다. 나는 막연히 라주돔 출판사를 생각하지만 한 친구가 나에게 "파리에 있는 3대 출판사부터 시작해봐"라고 말한다. 그는 세 출판사, 갈리마르, 그라세, 쇠유의 주소를 나에게 알려준다. 나는 원고를 세 부 만들고, 소포세 개를 준비하고, "출판 담당자님께······"로 시작하는 동일한 세 통의 편지를 쓴다.

이 모든 것들을 발송한 어느 날, 나는 큰딸에게 알린다.

"난 내 소설을 끝냈어."

딸이 내게 말한다.

"그래? 엄마는 누가 그걸 출판해줄 거 같아?"

나는 말한다.

"응, 당연하지."

실제로, 나는 그 사실을 한 순간도 의심하지 않는다. 나는 내 소설이 좋은 소설이고, 그것이 아무 문제 없이 출판될 거라는 확신과 신념에 차 있다. 그런 이유로, 네다섯 주 후 갈리마르, 그다음에는 그라세로부터 친절하지만 사무적인 거절의 편지와 함께 원고를 돌려받았을 때, 나는 실망하는 마음보다 놀라는 마음이 더 컸다. 어느 11월의 오후, 내가 한 통의 전화를 받은 것은 다른 출판사 주소들을 찾아봐야겠다고 생각하고 있던 즈음이다. 수화기 저편에 있는 사람은 쇠유 출판사의 질 카르팡티에다. 그는 내 원고를 지금 읽었고, 몇 년 동안 이처럼 아름다운 글을 읽은 적이 없다고 말한다. 그는 내 소설을 한 번 읽은 이후 다시 한 번 전체를 읽었고, 이것을 출판하고 싶다고 말한다. 하지만 그러기 위해서는 여러 사람들의 동의를 먼저 거쳐야 한다. 그는 나에게 몇 주 후에 전화하겠다고 말한다. 일주일 후 그는 나에게 전화를 걸어 "당신의 계약서를 준비할게요"라고 말한다.

3년 후, 나는 나의 번역가 에리카 토포벤과 함께 베를린의 거리를 걷는다. 우리는 서점들 앞에서 멈춰 선다. 서점들의 진열창 안쪽으로 나의 두 번째 소설이 보인다. 우리 집의 선반 위에는 열여덟 개 국어로 번역된 《비밀 노트 Le Grand Cahier》가 있다.

베를린에서 어느 저녁, 우리는 낭독회를 갖는다. 사람들은 나를 보러, 내 이야기를 들으러, 나에게 질문하러 올 것이다. 나의 책, 나의 삶, 나의 작가로서의 여정에 대해. 어떻게 작가가 되는가 하는 질문에 대한 답은 이것이다. 우리는 작가가 된다. 우리가 쓰는 것에 대한 믿음을 결코 잃지 않은 채, 끈질기고 고집스럽게 쓰면서.

문맹

어느 날, 이웃에 사는 친구가 내게 말한다.

"텔레비전에서 외국인 여성 노동자들에 대한 프로그램을 봤어. 그 여자들은 공장에서 하루 종일 일하고 저녁에는 가사일도 하고 육아도 해."

나는 말한다.

"그게 내가 스위스에 와서 했던 일이야."

그녀가 말한다.

"게다가, 그녀들은 프랑스어조차 몰라."

"나도 할 줄 몰랐어."

내 친구는 곤란해진다. 그녀는 나에게 텔레비전에서 본 외국인 여성들에 대한 인상적인 이야기를 들려줄 수가 없다. 그녀는 내가 프랑스어를 할 줄 모르고 공장에서 일하며 저녁에는 가족을 돌보는 그 여자들중 하나였다는 것을 상상조차 할 수 없을 정도로 내 과거를 잊어버렸다.

나는 그 모든 것을 기억한다. 공장, 장보기, 아이, 식사. 그리고 미지의 언어. 공장에서는 서로 이야기를 나누는 것이 어렵다. 기계 소리가 너무 시끄럽다. 우리는 서둘러 담배를 피우며, 화장실에서 이야기할 수 있을 뿐이다.

공장 친구들은 필수적인 말들을 내게 알려준다. 그녀들은 뇌샤텔의 발드 뤼의 풍경을 가리키며 "날씨가 좋다"고 말한다. 그녀들은 다른 단어들, 머리카락, 팔, 손, 입, 코 같은 것들을 가르치기 위해 나를 만진다.

저녁이면 나는 아이와 함께 집에 온다. 나의 어린 딸은 내가 헝가리어로 말을 하면 눈을 크게 뜨고 바라본다.

어떤 때는 내가 아이의 말을 이해하지 못해서, 그리고 또 어떤 때는 나의 말을 아이가 이해하지 못해서 아이는 울음을 터뜨린다.

스위스에 도착하고 5년 후, 나는 프랑스어로 말을 하지만 읽지는 못한다. 나는 다시 문맹이 되었다. 네 살부터 읽을 줄 알았던 내가 말이다.

나는 단어들을 안다. 읽을 때는 그 단어들을 알아보지 못한다. 글자들은 아무것에도 상응하지 않는다. 헝가리어는 소리 나는 그대로 글을 쓰지만, 프랑스어는 그렇지 않다.

나는 내가 어떻게 읽지 않고 5년이나 살 수 있었는지 모르겠다. 그 당시에는, 한 달에 한 번씩

나의 시들을 실어주던 《헝가리 문예》가 있었고, 제네바 도서관에서 우편으로 받곤 했던 헝가리어 책들도 있었는데, 대부분 이미 읽은 책들이었지만 상관없었다. 아무것도 안 읽는 것보다는 다시 읽는 편이 나았으니까. 그리고 다행히도 글쓰기가 있었다.

나의 아이는 곧 여섯 살이 될 것이고, 학교에 갈 것이다.

나도 시작한다. 학교를 다시 다니기 시작한다. 스물여섯 살의 나이에, 나는 읽는 법을 배우기 위해 뇌샤텔 대학의 여름 학기 수업에 등록한다. 외국인 학생들을 위한 프랑스어 수업이다. 여기에는 영국인들, 미국인들, 독일인들, 일본인들, 독일어권 스위스인들이 있다. 입학시험은 쓰기 시험이다. 나는 하나도 쓸 줄 모르므로, 초심자들과 함께 수업을 듣게 된다.

몇 번의 수업 이후 선생님이 내게 말한다.

"프랑스어를 아주 잘하는데 왜 초급반에 있어요?"

나는 그에게 말한다.

"나는 쓸 줄도 모르고 읽을 줄도 몰라요. 전 문맹이에요."

그는 웃는다.

"그걸 앞으로 살펴보죠."

2년 후, 나는 우수한 성적으로 프랑스어 교육 수료증을 받는다.

나는 읽을 수 있다. 다시 읽을 수 있다. 빅토르 위고, 루소, 볼테르, 사르트르, 카뮈, 미쇼, 프랑시스 퐁주, 사드처럼 내가 프랑스어로 읽고 싶은 모든 작가들과, 포크너, 스타인벡, 헤밍웨이같이 프랑스어로 쓰지 않았지만 번역되어 있는 작가들까지 모두 읽을 수 있다. 책들이, 드디어 나도 이해할 수 있게 된 책들이 넘쳐난다.

나는 아이를 둘 더 낳을 것이다. 아이들과 함께 읽기와 철자법, 동사 변화를 연습할 것이다.

아이들이 내게 어떤 단어의 뜻이나 철자를 물어보면 나는 두 번 다시 "모른다"라고 말하지 않을 것이다. 나는 이렇게 말할 것이다.

"한번 확인해볼게."

그리고 사전을 확인해볼 것이다. 지치지 않고 확인해볼 것이다. 나는 사전과 사랑에 빠진다.

나는 태어날 때부터 프랑스어를 쓰는 작가들처럼은 프랑스어로 글을 결코 쓰지 못하리라는 사실을 알고 있다. 하지만 나는 내가 할 수 있는 대로, 할 수 있는 한 최선을 다해 쓸 것이다.

이 언어는 내가 선택한 것이 아니다. 운명에 의해, 우연에 의해, 상황에 의해 나에게 주어진 언어다.

프랑스어로 쓰는 것, 그것은 나에게 강제된 일이다. 이것은 하나의 도전이다.

한 문맹의 도전.

누군가의 모국어와 나의 모국어 사이에서

나는 소설을 쓰는 사람이지만 그보다 훨씬 오래전부터 한 사람의 독자였다. 《문맹》의 주인공인 여자아이처럼, 나는 일찍 읽기에 매혹되었다. 그래도 부단한 노력 끝에 이제 많이 나아졌지만 어렸을 적부터 시작해 꽤 긴 기간 동안 나는 사람들의 무리 속에 섞여 있을 때마다, 스스로 있으면 안 되는 장소에 함부로 섞여든 침입자 같다는 느낌에 자주 사로잡혔고 다른 사람들과 자연스럽게 어울리는 법을 잘 알지 못해 고통스러웠다. 내 인생에서 가장 많은 책을 읽은 시기는 초등학생 시절이었는데, 그것은 학교에 있던 도서실이 그런 내가 숨기에 가장 좋은 장소였기 때문이다. 다른 아이들이 운동장에서 뛰어놀거나 교실 한쪽에서 무리를 지어 이야기를 나눌 때마다 나는 그곳에 스며들어 서가에 꽂혀 있는 책들을 읽었다. 이제 와 생각해보면 당시 나를 즐겁게 했던 것은 종이에 적힌 활자 그 자체만은 이미 아니었던 것 같다. 작가가 적은 문장들이 나에게 환기시키는 감각, 나는 그것에 일찌감치 매료되었다. 문장은 작가의 것이었지만 감각은 온전히 나의 몫이었으니까. 조용한 도서실의 한구석에서 책을 읽고 있노라면 활자들은 일렁이는 물결처럼 내 안을 흔들어놓았고 때로는 파도처럼 밀려와 나의 조그만 세계를 여지없이 부수었다. 책을 덮고 다시 교실로 돌아가기 위해

복도로 나오면 세계는 이전과 완벽히 달라져 있었
는데, 그것은 현기증 나는 경험이었지만 나는 그
런 감각을 어렴풋이 사랑했다.

이렇듯 독서가 언어를 매개로 하지만 역설적으
로 언어 이상의 것을 감각하게 하는 행위라는 맥
락에서 생각해보면 독자로서, 외국어로 책을 읽
을 수 있다는 것은 축복이 아닐 수 없다. 모국어가
가진 문법 규범과 언어 체계 안에는 결코 포착되
지 않는 무언가를 느끼고 발견해내는 순간. 그것
은 외국어를 알지 못하는 사람이라면 끝내 경험할
수 없는 마법의 시간이기 때문이다. 원서로 책을
읽는다는 것은, 표지와 경계가 뚜렷한 해수욕장을
벗어나 저 멀리 망망대해를 헤엄치는 것과 비슷하
다. 외국어로 쓰인 원서의 페이지를 넘기는 사이
눈앞에 펼쳐지는 것은 손을 뻗으면 닿을 수 있을
것만 같지만 그 끝이 점점 멀어질 뿐인 광활하고

짙푸른 바다다. 모국어의 경계 밖에서 헤엄치는 일은 매우 험난하고, 때로는 위험하며, 나를 기진맥진하게 만드는 도전의 연속이지만 동시에 그것은 흥미진진한 모험이다. 외국어를 읽는 동안 나는 가닿을 수 없는 수평선처럼 그곳에 있는, 누군가의 모국어와 내 발을 묶고 있는 나의 모국어 사이 어딘가에서 대양을 가로지르는 은빛의 물고기처럼 자유롭다.

하지만 번역은 완전히 다른 일이다. 번역은 수평선을 향해 물살을 헤치며 나아가던 물고기를 다시 나의 연안으로 몰고 오는 작업이고, 물고기가 지날 길을 따라 모국어의 규칙들로 경계를 지어주는 일이다. 소설을 쓰는 나는 내게 단어 하나, 쉼표 하나, 행갈이 하나가 아주 중요한 만큼 원작자에게도 그 모든 것들이 매우 중요했을 것이라는 사실을 알고 있지만, 동시에 나는 한 언어를 다른 언어로 번역하는 순간 그 모든 것들을 지켜내는 것이 불가능해진다는 사실 역시 아주 잘 알고 있다. 소설을 쓰는 사람으로서, 그리고 외국 문학을 진지하게 공부하는 사람들 곁을 꽤 오랜 기간 동안—비록 나는 항상 그 세계에서 주변인의 정체성을 가질 뿐이었으나—맴돈 사람으로서, 외국어로 쓰인 문학 작품을 번역하는 일에 선뜻 용기 내기가 어려웠던 것은 그 탓이다.

그런 이유로, 뒤늦게 고백하자면, 나는 이 책의 번역을 처음 제안받았을 때, 거절할 생각이었다. 사실 거절을 해야 할 이유는 아주 많았다. 그런 내가 단칼에 제안을 거절하지 못하고 여지를 남기는 답장을 쓰고 만 이유는 편집자님의 메일 속에 내가 번역할 책이 아고타 크리스토프의 작품이며, 그것도 작가의 언어적 정체성에 대해 다룬 자전적 이야기라는 설명이 들어 있었기 때문이었다. 국내에는《존재의 세 가지 거짓말》이라는 제목으로 번역된 아고타 크리스토프의 3부작 소설을 매우 사랑하는 독자일 뿐 아니라 외국어로 소설을 쓰는 작가들의 언어와 정체성 간의 상관관계에 대해 오래전부터 특별한 관심을 가져온 나에게는 지나칠 정도로 매혹적인 설명이었다. 그런 이유에서, 단호하게 거절하려던 나는 텍스트를 한 번 읽어나 본 후에 거절할지 말지를 결정하자고 마음을 고쳐먹었다. 나는 마음의 빗장을 단단히 걸어둔 채, 거절할 명분을 찾아야 한다고 스스로 되뇌면서《문맹》을 읽기 시작했다. 하지만《문맹》은 단번에 내 마음을 사로잡고 말았다.

이 책에서 아고타 크리스토프는 그녀를 세계적인 작가로 만들어준 그녀의 첫 번째 소설《비밀 노트》(원래는《커다란 노트》라는 원제를 지닌 독립적인 책이나 국내에는《존재의 세 가지 거짓말》의 1부로 번역되어 있다)의 배경이 되는 국경 마을로 다시 한 번 우리를 인도한다. 하지만 그녀가 이번에 우리에게 건네는 초대장은 소설이 아니라 "이야기"라는 이름을 단 짧은 글의 형식을 하고 있다. 200자 원고지로 200매도 채 되지 않는《문맹》은 범박하게 말하면, 아주 어린 시절 독서라는 질병에 걸렸고, 노트에 아무에게도 털어놓지 못하는 비밀을 적기 시작하며 글쓰기의 매력에 저도 모르게 빠져버린 한 소녀가 성인이 된 이후 뜻하지 않게 자신의 언어를 잃어버리고 그 상실을 견뎌나가는 이야기다. 가난하고 외로웠으나 문자의 세계 안에서 행복하게 살아가던 소녀는 어떤 이유로 언어를 상실하게 되는가?《문맹》을 읽은 독자라면 이미 아고타 크리스토프의 삶에 대해 어느 정도 윤곽은 그릴 수 있겠지만 그래도 이해를 돕기 위해 약간의 배경지식을 덧붙여본다.

1935년 10월 30일 헝가리의 한 시골마을에서 태어난 아고타 크리스토프는 그녀의 조국이 처음에는 독일, 나중에는 소련에 의해 차례로 침략받는 것을 목격하며 성장한다. 이러한 시대적 배경 속에서 여러 언어들이 교차하는 국경 마을에 살았던 어린 시절의 경험은 그녀의 글쓰기에 큰 영향을 미친다. 하지만 그녀의 인생에서 가장 결정적인 사건은 1956년에 일어나는데, 헝가리에서는 그해 자유를 갈구하던 시민들의 혁명이 소련군에 의해 무자비하게 진압되는 일이 벌어진다. 그 결과 스물한 살의 젊은 엄마였던 아고타 크리스토프를 포함해 20만 명에 달하는 헝가리인들이 조국을 떠날 수밖에 없는 처지에 놓인다. 세상의 모든 난민들이 그렇겠지만 그녀의 이주 역시 자발적인 선택은 아니었고 정치적으로 연루된 남편 때문에 어쩔 수 없이 감행한 월경의 결과였다. 이 같은 사실은 크리스토프의 글쓰기를 이해하는 데 매우 중요한 점이다.

《문맹》에서 인상적이었던 대목이 무엇이었냐고 누군가 내게 묻는다면 나는 아고타 크리스토프가 월경 안내인의 인도를 받으며 숲을 헤매는 부분을 고를 것이다. 작가가 그 당시 들고 있던 가방은 두 개였는데, 하나에는 갓난아기의 기저귀와 갈아입힐 옷가지가, 다른 하나에는 사전이 들어 있었다고 작가가 적어놓았기 때문이다. 조국과 가족마저 등지고 떠나는 순간 여러 물건들을 넣었다가 빼기를 반복하며 짐을 쌌을 아고타 크리스토프의 가방 안에 사전이 들어 있었다는 사실은 의미심장하다. 사전—아마도 독일어와 헝가리어로 이루어진 이중 언어 사전이었을 텐데—은 그녀에게 모국어와 외국어를 연결시켜주는 통로이며, 낯선 나라에서 그녀의 언어(정체성)를 지킬 수 있게 해주는 최소한 무엇을 상징했던 게 아닐까.

그런 그녀에게, 헝가리를 떠난 이래 2011년 일흔다섯 살의 나이로 죽을 때까지 살았던 스위스가 사막과 같을 수밖에 없던 것은 어떤 의미에서는 당연한 일이다. 모국어와 모국의 문자 바깥에서 작가는 무력한 이방인이다. 결국 그녀는 외국어, 그러니까 그녀의 용어를 빌면 "적의 언어"를 배워나가며 서서히 잃었던 자아를 되찾아간다. 그런 의미에서 《문맹》은 독서와 서사를 사랑했던 한 여자아이가 작가가 되는 이야기이며 동시에 사회적, 역사적 비극으로 인해 정체성을 상실한 한 인간이 언어를 배우며 자기 자신을 되찾는 이야기인 셈이다.

아고타 크리스토프는 여러 인터뷰를 통해서 《문맹》이 그녀의 다른 작품들에 비해 덜 문학적인 작품이라고 말했다. 나는 그녀가 어떤 이유에서 그렇게 말했는지 이해할 수 있지만 그녀의 말에 전적으로 동의하기는 어렵다. 일어나는 사건 자체는 사실에 가깝고 그런 의미에서 덜 문학적일 수 있으나 그녀의 문장들, 암시와 공백으로 완성되는 그녀의 단순하고 투명한 문장들은 그 자체만으로 문학적인 아름다움을 지니고 있기 때문이다. 이별과 상실, 가난과 고독으로 요약될 수 있는 인생의 어떤 시절을 그리고 있지만 크리스토프는 단 한 순간도 과도한 감상주의나 자기 연민으로 기우는 법이 없다. 오히려 그녀는 이 모든 일들을 담담하고 때로는 익살스럽게, 많은 것들을 생략한 채로 우리에게 들려준다.

나는 앞서 외국어로 책 읽는 행위가 주는 두려움과 해방감을 바다에서 헤엄치는 일에 비유했다. 하지만 그것은 독서에 국한된 비유일 뿐, 나는 외국어로 문학작품을 쓰는 일이 줄 절망과 고통의 크기에 대해서는 감히 짐작조차 하지 못한다. 하지만 살점을 발라낸 뼈대처럼, 어둠 속에 번쩍이는 버려진 칼처럼 간결하고도 수식 없는 문장들을 나의 모국어로 번역하기 위해 몇 번이나 다시 읽는 동안 나는 그런 작업은 지평선을 바라보며 검붉은 대지 위를 걷는 것과 비슷한 일이 아닐까 하는 생각을 하게 되었다. 운명이 쥐여준 언어를 단도처럼 가슴에 품은 채, 두 눈을 뜨고 태양이 솟는 지평선, 영원히 닿지 않을 것 같은 그 끝을 향해 한 발 한 발 내딛는. 그것은 여행일까, 고행일까. 그것에 대해서 나는 아직 모른다. 다만, 그 덕분에 모국어가 아닌 크리스토프의 말이 프랑스어를 모국어로 갖지 않은 한 독자를 경유해 누군가에게 당도한다면, 그리하여 그 누군가가 문장과 문장 사이, 글자와 글자 사이의 여백에서, 날 때부터 작가인, 어떤 상황에서도 그저 글을 쓸 뿐이라고 말하는, 오직 문학이란 영토 안에서만 더 이상 난민이 아닌 한 인간의 얼굴을 발견해낸다면, 그것은 황홀한 일이라 생각하고 있을 뿐.

백수린

문맹

초판 1쇄 발행 2018년 5월 9일
초판 7쇄 발행 2024년 2월 19일

지은이 아고타 크리스토프
옮긴이 백수린
펴낸이 이상훈
문학팀 최해경 김다인 하상민
마케팅 김한성 조재성 박신영 김효진 김애린 오민정

펴낸곳 ㈜한겨레엔 www.hanibook.co.kr
등록 2006년 1월 4일 제313-2006-00003호
주소 서울시 마포구 창전로 70 (신수동) 화수목빌딩 5층
전화 02) 6383-1602~3 팩스 02) 6383-1610
대표메일 munhak@hanien.co.kr

ISBN 979-11-6040-160-8 03860